EARLY BIRD
STORIES
en español

Diversión con manzanas en otoño

Martha E. H. Rustad

Ilustrado por **Amanda Enright**

EDICIONES LERNER◆MINEÁPOLIS

NOTA A EDUCADORES

Al final de cada capítulo pueden encontrar preguntas de comprensión. En la página 23 hay preguntas de razonamiento crítico y sobre características del texto. Las preguntas ayudan a que los estudiantes aprendan a pensar críticamente acerca del tema, usando el texto, sus características e ilustraciones.

Muchas gracias a Sofía Huitrón Martínez, asesora de idiomas, por revisar este libro.

Traducción al español: copyright © 2020 por ediciones Lerner
Título original: *Fall Apple Fun*
Texto: copyright © 2020 por Lerner Publishing Group, Inc.
Latraducción al español fue realizada por José Becerra-Cárdenas

ediciones Lerner
Una división de Lerner Publishing Group, Inc.
241 First Avenue North
Mineápolis, MN 55401 EEUU

Si desea saber más sobre los niveles de lectura y para obtener más información, favor de consultar este título en www.lernerbooks.com

Las imágenes de la p. 22 se usaron con el permiso de: Perla Berant Wilder/Shutterstock.com (manzanas); OnTheCoastPhotography/Shutterstock.com (abeja); Brent Hofacker/Shutterstock.com (pay).

El texto del cuerpo principal está en el siguiente formato: Billy Infant Regular 22/28. El tipo de letra fue proporcionado por SparkyType.

Library of Congress Cataloging-in-Publication Data

Names: Rustad, Martha E. H. (Martha Elizabeth Hillman), 1975- author. | Enright, Amanda, illustrator.
Title: Diversión con manzanas en otoño / Martha E.H. Rustad ; [illustrated by] Amanda Enright.
Other titles: Fall apple fun. Spanish
Description: Minneapolis : Ediciones Lerner, [2019] | Series: Diversión con manzanas en otoño | Audience: Age 5-8. | Audience: K to Grade 3. | Includes bibliographical references and index.
Identifiers: LCCN 2018028922 (print) | LCCN 2018029542 (ebook) | ISBN 9781541542648 (eb pdf) | ISBN 9781541540804 (lb : alk. paper) | ISBN 9781541545366 (pb : alk. paper)
Subjects: LCSH: Apples—Juvenile literature.
Classification: LCC SB363 (ebook) | LCC SB363 .R8618 2019 (print) | DDC 634/.11—dc23

LC record available at https://lccn.loc.gov/2018028922

Fabricado en los Estados Unidos de América
2-49481-38785-8/3/2020

TABLA DE CONTENIDO

CAPÍTULO 1

LAS MANZANAS EN EL OTOÑO

¡Mira! Las coloridas hojas vuelan con la brisa.

El aire está más frío. Ya es otoño.

El otoño es un buen momento para
ir a una huerta de manzanas. Allí
podemos cortar manzanas.

Bienvenidos
a la huerta
de manzanas

¡Ñam! Muerdo su cascara roja. La crujiente pulpa blanca sabe dulce. El jugo corre por mi mentón.

¡Sorpresa! Pequeñas semillas oscuras se esconden dentro de la manzana.

¿Cuándo puedes cortar manzanas en una huerta?

CAPÍTULO 2

CÓMO CRECEN LAS MANZANAS

¡Chof! Una semilla de manzana cae dentro del suelo. Sus raíces crecen hacia abajo. Un tallo brota hacia arriba.

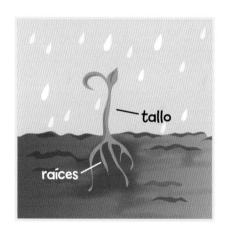

¡Ploc! La lluvia hace que la semilla germine.

La luz del sol ayuda a que el brote se convierta en un árbol.

8

Las verdes hojas brotan y se extienden. Las hojas absorben la cálida luz del sol.

9

La luz del sol se convierte en alimento para el árbol en desarrollo.

¡Sniff!

Huelo las dulces flores. En la primavera brotan flores blancas y rosas del árbol de manzanas.

12

¡Zumbido! Las abejas chupan el néctar de las flores del árbol de manzanas. El polen de las flores se pega al cuerpo de las abejas. Las abejas esparcen el polen entre todos los árboles.

El polen de otro árbol fertiliza las flores. Después caen sus pétalos.

Las flores se convierten en frutitas.

Durante el verano, las frutitas se convierten en grandes manzanas.

Los recolectores cosechan manzanas en el otoño.
Las manzanas maduras se acumulan.

¿Qué animal esparce el polen en diferentes árboles?

15

CAPÍTULO 3

LOS USOS DE LAS MANZANAS

Los panaderos pelan, sacan el centro y cortan las manzanas para hacer tartas.

¡Ring!

La tarta está lista.

Tarta de manzana

mermelada

mermelada

puré

puré

mermelada

puré

16

Huele a canela y a manzanas horneadas.

Hagamos sidra de manzana.

¡Zumbido! El molinillo da vueltas.
Convierte las manzanas en pulpa.

sidra
de
manzana

¡Poc! La prensa exprime la pulpa
de las manzanas. La sidra gotea.

Bebemos sidra. Se ve más turbia que el jugo de manzana. Tiene un sabor agridulce.

¡Mmm!

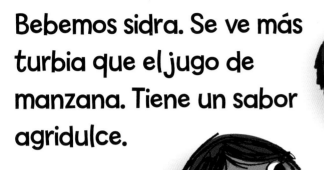

¿Qué hace la gente con la sidra de manzana?

¡Adiós, huerta!
Regresemos el próximo otoño.

Bienvenidos
a la huerta
de manzanas

21

APRENDE SOBRE EL OTOÑO

Las huertas en todo el mundo cultivan cerca de cincuenta tipos de manzanas.

La mayoría de las manzanas maduras tienen la cáscara roja. Algunas tienen cáscara amarilla o verde.

La flor del árbol de manzanas necesita el polen de otro árbol de manzanas para dar frutos. Las abejas y otros insectos esparcen el polen de las flores de un árbol a las flores de otro árbol.

Cerca de la mitad de la cosecha de manzanas en EE.UU. se come fresca. Con el resto de las manzanas, las personas hacen jalea, sidra, jugo, vinagre, pasta de manzana, puré de manzana o relleno para tartas.

Hay que exprimir cerca de cuarenta manzanas para hacer 1 galón (3.8 l) de sidra de manzana.

PIENSA EN EL OTOÑO:
PREGUNTAS DE RAZONAMIENTO CRÍTICO Y DE CARACTERÍSTICAS DEL TEXTO

¿En qué es diferente el otoño de las otras estaciones?

¿Qué cosas especiales te gusta hacer durante el otoño?

¿Dónde está la tabla de contenido en este libro?

En la página 6, ¿por qué el color de la palabra ñam es diferente al de las otras palabras?

GLOSARIO

cosecha: recolectar cultivo que está maduro. Las huertas cosechan manzanas maduras en el otoño.

fertilizar: hacer que una nueva fruta crezca al poner polen en otra flor

néctar: el líquido dulce que se encuentra en las flores. Las abejas chupan y recolectan néctar para hacer miel.

polen: un pequeño polvo amarillo producido por las flores. Las flores del árbol de manzanas necesitan del polen de otra flor para producir semillas.

pulpa: la parte de una fruta que te puedes comer. La pulpa de las manzanas maduras es blanca. También puede ser amarilla, rosa o verde.

PARA APRENDER MÁS

LIBROS

Rockwell, Anne. *Apples and Pumpkins*. New York: Aladdin, 2011. Acompaña a esta niña en su aventura de recolección de manzanas y calabazas.

Schuh, Mari. *Crayola Fall Colors.* Minneapolis: Lerner Publications, 2018. Hojas rojas y amarillas, calabazas anaranjadas y manzanas verdes y rojas. ¿Qué colores ves en el otoño?

SITIO WEB

La esquina para maestros Manzanas Washington
http://bestapples.com/resources-teachers-corner/
Aprende más datos divertidos sobre las manzanas, juega y explora anuncios históricos de manzanas en este sitio.

ÍNDICE